HENRI DE MALUQUER

LA MUSE

HORIZONTALE

PAU
Imprimerie et Librairie J. TONNET
3 bis, Place de la République
— 1929 —

HENRI DE MALUQUER

LA MUSE HORIZONTALE

PAU
Imprimerie et Librairie J. TONNET
3 bis, Place de la République
— 1929 —

PRÉFACE

Closes les persiennes de la vie, ouvertes celles du Rêve, comme un grand châle d'été déplié sous les étoiles. Et vous canaux endormis à midi, éveillés que vous êtes à minuit par la douceur qui vient des montagnes. Ouvertes les persiennes du Rêve sur l'harmonie chantante.

« Je n'aime rien tant que les mots » pensent certains poètes, oui... mais il y a aussi le rêve à travers les mots sonores ou tourmentés, creux ou légers. Il y a le rêve entre les lignes. Et le rêve n'est-ce pas cette femme au buste étroit pendue au ciel par un collier de nuages ? Elle danse pourtant, le haut du corps défiant le mouvement des jambes. Et sa bonté n'a d'égalé que sa splendeur, ô pendue au regard de vitrail ! Ce beau collier de perles disparates que lui donna Dieu, son amant le plus généreux, elle te l'abandonnera et te permettra de l'adorer en cachette pendant les heures fées.

Sauvages, les noirs moutons de la peur veillent couchés au creux des rochers. La mer, muse de notre rêve est calme de sa plénitude et du semblable de la nature.

Mais tu chantes et ta voix arrive avec son cortège d'ondes jusqu'à mon âme . . . .

O poète des parfums troubles !

Ced NELLO.

AU LECTEUR

J'écrivis ces sonnets à des âges divers,
Sans nul souci de plaire et de charmer ton âme,
Les faisant pour moi seul dont la candide flamme
Ne sait point éclairer les beaux diamants verts.

L'amour est le palais d'un magicien pervers
Et ses lourds chapiteaux sont des torses de femmes ;
Pour franchir son portique il faut dire un « Sésame »,
Et d'un Sphinx vigilant affronter les yeux pers.

Trop jeune, à mon avis, j'ai violé ce mystère
Dont je ne peux qu'offrir un bouquet si mesquin,
Mais chaque fleur cueillie a son parfum sincère.

Et si le ténébreux m'inspira de son ombre,
Je dédie un poème à la splendeur du vin
Qui sait faire chanter le mendiant à l'œil sombre !

LA MUSE HORIZONTALE

Le jour où je te vis du haut du promontoire
Alanguie en la coupe impalpable des cieux
Et des sables d'or qui chantaient harmonieux,
Amoureuse, lustrale et pavanant la gloire
      De ton immensité,

Je compris tout l'attrait des longues randonnées
      Sur tes flots de beauté,
Tes trahisons de femme en courroux sans motif
      Aussitôt pardonnées
Par les marins charmés dont tu brisas l'esquif.

O tapis chatoyant, arc-en-ciel festonné
      De dentelle écumante !
Pâturages de miel où la mouette mouvante
      Picore son dîner !

Mais ton onde est aussi le linceul des vaisseaux
      Où la mort se balance.
Et les pleurs gémissants de tes flots en cadence
    Sont des cris d'agonie et des plaintes d'oiseaux.

Sur la plage où fleurit ta chevelure d'algues
      Et de riches coraux,
Je viendrai m'allonger dans les bras de tes vagues
      Pour soulager mes maux.

Et la sérénité du soleil qui se meurt
      Dans une apothéose,
      Sans un bruit, sans un heurt
      Comme une immense rose,

Fera chanter mon cœur que hantaient les névroses
      De son triste abandon.
Je lirai dans le ciel l'ineffable pardon
      De la bonté des choses

Muse qui m'inspires et m'inondes de joie
        Sous tes baisers de sel,
Tu reçois le soleil qui s'incline et rougeoie
        Vers ton lit immortel !

Tes monstres familiers et tes sombres Génies
        Accourus pourront voir
De l'amour fabuleux les langueurs infinies
        Dans la brise du soir !

Devant la vision du mariage du monde
        Et de sa majesté,
Laisse-moi proclamer les espoirs que je fonde
        Sur ta maternité !

L'autre jour, dans les bois, promeneur solitaire,
Je chassais, sans mes chiens, une bête légère,
Je suivais attentif les trous dans le sol noir,
M'enfonçant lentement, dans le vaste entonnoir
D'un taillis broussailleux, entouré de futaies.
Je vis un grand chasseur, étendu près des haies.
— « A cette heure à l'affut ? » m'écriai-je étonné ;
A ces mots, le chasseur ne leva pas le nez.
J'avançai doucement, d'une allure incertaine
Et reconnus Francis lisant son La Fontaine.

LES MIASMES

Au Vicomte de la Morandais.

ET OMNIA VANITAS

Lançant vers les rochers qui ruissellent d'écume
Les rouleaux mugissants de ton immensité,
Ta marée encerclant les murs de la cité
A livré son assaut de tonnerre qui fume.

Tel un marteau d'airain qui martèle l'enclume,
Sous les heurts et les cris de ta perversité
Tu flagelles la digue, et sa solidité
A vaincu ta fureur que son obstacle allume.

Mais pour moi qui voudrais conquérir l'univers,
Et suivre des plus forts l'audacieuse veine,
Le spectacle est navrant de tes efforts divers !

Puisqu'on peut repousser les flots de l'océan
Par un mur de dix pieds, j'entrevois avec peine
Mon orgueil ne dompter qu'un risible néant.

ESPOIR...

L'espoir est un parfum si tenace et si fort
Que le cœur désirant l'impossible bien-être
Ne peut désenchanter dans les bras de la Mort.
La bouche en expirant murmurera « Peut-être ».

BLASPHÈME

Je sens mugir en moi des torrents de souffrance
Qui font briller mes yeux de farouches éclairs
Et, tel un égaré dans les brûlants déserts,
J'entrevois de la mort le squelette qui danse.

Voici le remords, qui me torture et me tance
En me montrant du doigt les tourments des enfers,
L'horreur de l'agonie, et dans son impatience
A me voir défaillir aux spectacles offerts,

Il me brûle déjà de sa griffe qui serre
Mon âme épouvantée au seuil du noir mystère.
Mais de rage soudain je redresse mon corps,

Je saisis dans mes bras l'hallucinant fantôme,
Et malgré ma faiblesse et malgré ses efforts,
Je fais ressusciter une nuit de Sodome.

A F. Desorthes.

VIOLON

Saccade et trémolo, hurlements de colère,
Apitoiements furtifs et refrain voltigeur,
O discret rossignol, qui chantes la bergère,
O tigre des forêts qui rugis ton ardeur.

Innombrable concert qui m'étonne et me charme,
Je te hais cependant, inepte amphytrion
Qui pleures ton bonheur sans verser une larme,
Ridicule Morphée et volage Arion !

Il suffit que de toi l'on saisisse une corde
Pour qu'aussitôt un ris éclate et fuse vif,
Qu'on la tire plus bas pour que son cri nous morde
Et balafre nos cœurs d'un long coup de canif.

A Carlos de Ortéga.

DÉSESPÉRANCE

La chose qui nous tue est la désespérance
Qui naquit brusquement dans nos cœurs de vingt ans ;
Sans répit et brûlante, éternellement dense,
Elle peuple l'esprit d'effroyables tourments.

Le regard qui la scrute épouvanté recule :
« Pourquoi donc, qu'a-t-il vu ? »
Un spectre décharné sur lequel s'accumule
La noire floraison des crimes du déchu,

Et qui levant les yeux vers le doute éternel
Dans l'horrible rictus de ses os de cadavre
Blasphème tout à coup le puissant criminel
Qui nous mit dans un corps, qui nous pèse et nous navre !

A F. de Valon.

CAUCHEMAR

L'archipel de pensers dans les flots apaisants
Du sommeil caressé par les frissons de l'aube
Qui jaillissent rosés de sa fringante robe
Se précise soudain — Pour dérober le temps

Et l'immortalité, des lutins malfaisants
Sous le fouet sans pitié qui déchire leurs lobes
Ont construit une tour dont la hauteur dérobe
A la foule accourue en remous violents

Mon orgueil révolté dans ce donjon magique
— Il frémit de puissance et fait trembler les airs
En poussant vers le ciel des menaces tragiques.

Mais Dieu qui l'entendait au sein de son mystère,
L'a foudroyé soudain de terribles éclairs !
Et j'ai brisé mon rêve au contact de la terre.

LES SOUVENIRS

De tout philtre d'amour l'amertune est la lie,
Mélange accumulé de nos pleurs sans raisons,
Notre coupe s'emplit au sein des pamoisons
Pour être bue un jour quand s'abrège la vie.

Ruminant le passé la nuit sur un balcon,
Pour éveiller nos sens qu'a ternis la vieillesse
Nous réchauffons nos cœurs par la morbide ivresse
De ce vin dont l'orgueil est un riche flacon.

Enervés d'abandons et de morne insomnie
Nous maudissons, haineux, les stupres des vingt ans,
Cette aumône tendue à nos mains d'impuissants,
Et rejetons sa coupe à la jeunesse honnie !

CARNAVAL

Enfin, ce sont des cris et du plaisir sans bornes,
Et le rire joyeux qui nait dans le climat
Eclate. Mais il faut après des nuits si mornes,
Pour être heureux un jour garder l'anonymat !

OUBLI...

Un album reste ouvert, durant toute la nuit.
La page aux dessins frais et merveilleux s'étale
  Comme le blanc pétale
D'un pâle nénuphar qu'on a jeté sans bruit.

Mais le vent flagorneur fait palpiter son aile
Qui s'élève un moment pour retomber bientôt,
L'élan devient plus fort, et la page immortelle
  Ne montre désormais qu'un stérile recto.

TRISTESSES ET PLEURS

Le ruisseau désolé qui pleure dans mon âme
Accorde des accents si profonds et si doux,
Qu'on dirait une voix de femme,
Mêlant ses pleurs aux rires fous.

LA VESTALE

Elégiaque je veux un thyrse cassé
Où la tièdeur du jour en soubresauts palpite
Et le frémissement d'une bouche d'élite
Sous la splendeur du sang que le rythme a baissé.

O l'ivresse des corps, ternis d'inaccessible !
Je chante en la nuit bleue et lumineusement,
Les baisers qu'eut donnés ce platonique amant
Que mon sanglot furtif n'a pu rendre sensible.

Filet de poissons d'or que lagune prospère,
De ton mol abandon a drainé le métis,
Bien plus lourd est mon cœur que l'amour exaspère !

Que maudits soient les dieux de ces temples bâtis
Par ces hommes velus, que réjouit le scandale
De voir enterrer vive une douce vestale.

O fleuve de tristesse où se berce ma vie,
Conte-moi le réveil de la claire saison
Et le verdissement des jeunes floraisons
Apaisant mes émois de ta candeur bénie !

J'ai vécu de blancheur et de mélancolie
Dans ce morne linceul où se meurent les sons
Des rires d'autrefois. Je ne sais la façon
D'échapper au démon qui me ploie et me lie.

Mais qu'un amour brutal, creusé contre tes flots
Dans le vif tourbillon des étreintes lubriques
Et des sens déchaînés puisse donner les mots

Pour te cracher le mal de mon cœur qui se tord.
Car d'angoisse, je veux, en songes frénétiques
L'atroce volupté d'une tragique mort.

LA MEURTRISSURE

Sous les saules penchés vers la fraîcheur des puits,
Je m'assieds chaque jour dans le chaud crépuscule,
Surveillant mes brebis et ma fidèle mule,
Dans la vaste Camargue où s'éteignent les bruits.

Bergère, j'adorais un beau gars qui depuis
Plus de dix ans, hélas ! par une nuit sans lune
A ployé mon beau corps dans la fougère brune.
Il m'a quitté l'ingrat et les mortels ennuis

Me torturent sans fin. Je vieillis en recluse
Sans vouloir accorder mon regard aux garçons
Dont le désir des yeux me harcèle et m'amuse.

Je ne maudirai pas le monstrueux mensonge,
J'ai fleuri cet amour d'exquises oraisons,
Et n'ayant plus aimé, ma vie est un beau songe.

BAGNARD...

Perverse Béatrix ! Que ne suis-je le Dante...
Clouant au pilori cette perfide amante !
Au gibier de la chiourme, une brute imprimait
Jadis, d'un fer rougi, dans la chair grésillante,

L'indélébile fleur. J'ai cru qu'elle m'aimait,
Mais je surpris un jour son infâme secret.
Mon orgueil regimba, je maudis la bacchante
Dont esclave à tes pieds, la beauté me traînait.

Depuis lors, angoissé, j'ai parcouru le monde,
Ne sachant plus aimer, ne voulant plus souffrir,
Buvant à chaque source, ou la brune, ou la blonde...

Mon cœur est un bagnard qu'obsède l'imposture.
Pour conquérir l'oubli, je n'ai plus qu'à mourir,
Car je suis excédé du regret qui torture.

FLEURS MALSAINES

Parfois dans un terrain, dépotoir de la ville,
Où les lourds tombereaux versent des détritus,
Parmi les verts tessons et les vieux fers battus,
Jaillit en sa beauté l'anémone tranquille.

Dominant les tumeurs de cette masse vile,
Où gîte le crapaud dont les chants se sont tus,
Tu braves le destin, avec des airs têtus,
Au zéphir caressant ta tige trop docile.

Et moi qui t'ai cueillie, ému de ta détresse,
Pour te donner enfin un cadre glorieux
Je me souvins alors d'une ancienne maîtresse

Lorsque le lendemain de ta douce capture
Ta corolle pendait en replis si visqueux
Que pour te rejeter je saisis la tenture !

VÉNUS

O claire nudité qui t'esquives des yeux
Sur le velours grenat qui rend plus clair l'albâtre
Ta courbe étudiée en plis harmonieux
Dans l'ombre de ton bras te fait luire bleuâtre !

Sous ton front virginal ton regard est lascif
Et tes cuisses que gonfle une amoureuse envie
S'évasent largement vers le fief de la vie.
Que ta pudeur, Vénus, étonne et rend pensif !

Si le marbre est muet, aussi froid qu'une tombe
Qui forme ton beau corps que l'amour a soumis,
Si ton sein apaisé sous mes doigts ne se bombe
Ton sourire est vivant car ta chair a frémi !

BATOUALA

Batouala mourant distinguait avec peine
Dans l'ombre de la case où se mourait le feu
Parmi les lianes d'or et les rouges épieux
Sur une peau de tigre, un beau couple en haleine.

OPIUM

Dans la verte clarté, que régit l'ambiance
Ce morbide parfum des abois incessants,
Je m'étends et je fume et alors je ressens
S'exhaler de mon cœur une tristesse rance.

Pour donner le repos à l'esprit en souffrance,
Et vaincre la clarté qui protège mes sens
Lymphatiquement laids sous les arcs rubescents
De la crispation dont les bruits en cadence

Font résonner les gongs des portiques du Rêve,
J'aspirai couché sur de pâles divans,
La fumée envolée en conquête trop brève.

Et l'âme que réjouit cette déroute grise,
Comme l'âpre dégel d'un glacier au printemps
Comprendra de l'amour l'insondable bêtise.

HANTISE

Je partirai bientôt pour de lointains voyages
Sans faire mes adieux.
Les souvenirs trop vieux
Que j'emporte de toi seront mes seuls bagages !

Tourmentés cependant par de sombres présages,
Les flots seront tes yeux
Et j'ai peur de revoir dans un ciel de nuages
Tes splendides cheveux.

La dune désertique aura la riche courbe
De ton corps velouté
Et le puits desséché sera ton âme fourbe.

Tu me poursuis sans fin, fantôme volupté,
Te figeant sur mon ombre.
M'accompagneras-tu dans la mort où je sombre?

LA NATURE

LE VOYAGEUR PERDU DANS LA MONTAGNE

L'homme s'est perdu dans les monts capricieux
Qu'hérissent méchamment la ronce et le genièvre ;
Et, le corps affaibli par la faim qui l'enfièvre,
Il cherche vainement d'un regard anxieux

L'asile hospitalier ou l'enceinte de pieux
Que le berger bâtit pour protéger ses chèvres.
Mais rien... La bise souffle et corrode ses lèvres,
La neige l'enveloppe en son linceul soyeux.

Le voyageur hagard dans l'aveugle tourmente
Regrette son audace à ce moment de peur ;
Il pleure en gémissant et son chien se lamente.

Il a perdu, hélas ! l'ami qui l'accompagne
S'étendant sur le sol, il scrute en sa torpeur
L'immensité du Ciel sur la sombre montagne.

LE MOUCHERON

O moucheron moqueur qui voltiges sans cesse,
Tu ris de la toile et du lion furieux,
Sans être traquenard, encore moins altesse,
Je saurai me venger plus vite et beaucoup mieux !

L'ANE

Les animaux malins devinèrent sa ruse,
Et sentirent de loin l'odeur de l'âne intruse,
Mais même au naturel, le fameux Tartarin
Lui envoya gratis des balles dans les reins !

A ma Sœur.

LA MAISON

Pour qui perd sa maison que la vie est amère !
C'était là que jadis, tous les enfants unis
Se calfeutraient, heureux, dans la tiédeur des nids.
On l'aimait comme on aime une seconde mère.
Ah ! les jeux éperdus, les folles randonnées !
Le bruit des tout petits et les tapes données !
Mais aussi la longueur des jeudis pluvieux !
On écoutait alors les histoires des vieux,
Ou « La Belle et la Bête » ou « Gulliver Géant »,
Et le juste toujours tuait le mécréant !
Les festins de Noël et la fête du père
Et son simple parler quand il disait « J'espère
Pendant longtemps encore refaire ce discours
Mais près de vous mes fils, les jours me sont trop courts.
Si je viens à mourir ah ! soyez toujours dignes
De la maison ! »
                    Et sur ces mots insignes,
Radieux, il levait la coupe où pétillait
Le champagne mousseux que sa lèvre cueillait.

LES OISEAUX

Tout s'est tu dans les bois. Où sont donc les oiseaux ?
Hirondelles de jais qui voliez sur les eaux,
Et toi, pic gouailleur, qui battais la mesure
En frappant de ton bec sur une branche dure,
Rouges-gorges dodus qui sautiez lestement,
Et bouvreuils qui siffliez dans un ravissement,
Fauvettes picorant dans mon jardin les figues,
Et toi, fine alouette, et messieurs les becfigues
Qui maraudiez sans cesse autour de la maison ;
Pourquoi donc vers le soir se tait votre chanson ?
Gentils chardonnerets qui chantiez tout à l'heure,
Qu'êtes-vous devenus ? — Ils ont une demeure
Tranquille sous les bois dans de légers rameaux.
Mais l'on voit cependant quelques rares moineaux
Qui s'envolent effrayés par le bruit qui s'avance,
Car ce sont des malins préférant la prudence
A la témérité. J'ai troublé leur sommeil ;
Comment me pardonner un attentat pareil ?

L'AURORE VICTORIEUSE

Le matin est tout neuf ; aux fifres des oiseaux
Le dormeur qui s'éveille hors d'un songe d'ivresse
Exhale le soupir de sa moite paresse.

. . . .

C'est la plainte d'amour bruissante des roseaux.
L'herbe verte sourit tendrement aux rayons,
La caille qui gémit dans le creux des rigoles
Fait vibrer, un instant, le faisceau vert des gaules
D'ajoncs rebondissants, et part vers les sillons !

   La vaste palpitation
   Que fait naître la lumière
   Avec sa chaleur première
   Est un signe de passion.

L'amour est maître
Du haut d'un hêtre,
Vif et moqueur,
Il rit et bande l'arc
Orné d'ivoire
Et de fleurs
Et vise dans le parc
D'amour, le beau cerf qui va boire !
Le faune aux pieds fourchus
Epie, impur les vierges,
Cache son corps déchu
Et ses regards d'envie
Dans les buissons des berges.
Ta claire féerie,
Matin mauve d'Avril,
Laisse mon âme envahie
Du parfum qui s'épand du précieux pistil !

LE CORBEAU

Dans le froid qui te cingle ainsi qu'un noir vaisseau,
Déployant largement ton aile courbe et lisse,
Tu pousses vers le ciel, témoin de ton supplice,
Un long croassement, mystérieux corbeau !

LES BŒUFS

Quand je passe, le soir, dans mon étable sombre
J'entrevois faiblement, tout au fond, dans le coin,
Les grands bœufs étendus dans la douce pénombre
Et qui rêvent toujours, en ruminant leur foin.

A ma Mère.

LE ROSSIGNOL

Je suis l'oiseau sacré qui bénis les étoiles.
Lorsque la nuit sereine a déployé ses voiles,
    Elles tiennent conseil
    Au milieu du beau ciel
    Où préside la Lune.
    Dressant ma tête brune,
    Je leur fais un concert ;
    S'il passe quelque cerf
    Cherchant une fontaine
    Dans la forêt lointaine,
    Il m'écoute parfois,
    Attentif, dans les bois.

Je chante le roman oublié du trouvère,
La cantate des bois, la suave langueur
Qui s'émane de moi lorsque ma voix s'altère
N'est qu'un chant du passé ravivé dans mon cœur.

Car, souvent dans la nuit le poète divin
Appuyé aux troncs noirs au dessus du ravin
A chanté son amour et pleuré sa détresse.
Il implorait la lune ainsi qu'une prêtresse,
Et s'endormait parfois en écoutant mes chants.
J'ai retenu ses pleurs, et non ses cris méchants.
Aussi, quand vers le soir l'horizon bleu se nimbe
De moire violette et de silence doux,
Mon luth arrive jusqu'au limbe
D'un ciel noir charriant de mystiques bijoux.

Au Comte de Peraldi.

MARINE TURQUE

C'était un soir d'été, sur les flots du Bosphore.
Le grand ciel étoilé, je m'en souviens encore
      Resplendissait.....

Les vagues se heurtaient avec un bruit sonore ;
Dans le bleu vaporeux, quelque brigantin maure
      Au loin glissait.....

Caressé mollement par la brise éthérée,
Dans le port byzantin, je voyais quelques voiles
      Sur une onde dorée.....

Et la cité d'Asie où brillaient les lueurs
Unissait, ce soir-là, ses terrestres splendeurs
        Aux rayons des étoiles.....

Sur la mer d'améthyste, aux longs reflets d'argent
La lueur des fanaux, se fixait durement,
        Eblouissante.....

Et la sérénité du beau ciel scintillant
Descendait en clarté, du haut du firmament
        Sur cette onde chantante.....

LE CHALUTIER

Le chalutier pansu s'affinant vers la proue
Dont le frêle beaupré reluit sous le soleil
Bleu d'azur, rouge et clair, se balance pareil
Au vif martin-pêcheur qui dans l'onde s'ébroue.

Mais le haut gouvernail dont s'agite la roue
Lentement l'a tourné vers le large vermeil ;
Dans le frémissement d'un sonore appareil
De la vapeur s'enfuit vers les agrès qu'on noue.

Et de Saint-Jean-de-Luz les enfants et les femmes
Agitent à bout de bras l'innombrable mouchoir
Et le mousse sourit du haut de son perchoir.

Les pêcheurs confiants ne songent point aux lames.
Mais quelques jours après, on le vit dans le port
Avec le mât brisé et l'équipage mort.

A mon ami Castay.

LE GUEUX QUI RÊVE

Accueillant ma prière
Cet homme m'a donné
Du vin dans un grand verre :
J'en suis tout étonné.

Quelqu'humain secourable
M'eut accordé du pain,
Logé dans son étable,
Cela est bien certain.

Mais jamais je ne bois
Que l'eau maussade et claire ;
Le vin n'est pas pour moi,
La pinte en est trop chère.

Je sens déjà l'ivresse
Qui me fait zigzaguer ;
La voilà qui m'oppresse
Et je vais divaguer.

J'attrape le hoquet ;
Il faut que je me couche
Dans ce petit bosquet,
Sous la tête, une souche.

Et le rêve commence :
C'est la fin d'un beau jour ;
D'abord, c'est de la danse,
Après, c'est de l'amour.

Je suis dans un château
Inondé de lumières.
Je mange des gâteaux
Qu'apportent des fermières

J'insulte les valets,
Je fume des cigares ;
Dans le bruit des guitares
Commencent les ballets.

Et je bois dans des cruches
Des vins mirobolants
Et sous mes yeux brûlants
S'ouvrent des fanfreluches.

Je chante des refrains
A l'oreille des filles,
Des bergères gentilles
Dont je tâte les reins.

O belles farandoles
Que j'entraîne au dehors !
Et je crois, ma parole,
Que j'ai enfin de l'or !

Sur mon brillant costume
Et mon grand chapeau vert
On me jette des plumes
Et j'en suis tout couvert.

J'entr'ouvre enfin les yeux :
Je suis dans la fougère,
Et n'ai d'autre bergère
Que l'étoile des cieux.

Qu'importera demain !
J'ai pu faire un beau rêve
Et je pense sans trève
A la bonté du vin.

A J. de La Fontaine.

LA TORTUE

Dans un tournoi tu vainquis le lièvre
Sans nul accident qui t'eut donné la fièvre,
Tu courus si longtemps en ne t'arrêtant pas,
Que depuis lors, hélas, tu ne vas plus qu'au pas !

ŒILLET MARIN

Par la grève et la dune émergeant des flots bleus,
Fumés par le varech, attiédis par la brise,
Vous ondulez, diaprés. Votre parfum grise ;
C'est l'haleine des flots, des sables et des cieux.

LE PAON

Dans le jardin public, sur la pelouse verte,
Au milieu des badauds dont la place est couverte,
Le paon majestueux, dans un scintillement
De paillettes d'azur, avance hardiment !

L'HIRONDELLE

Si perçant est mon cri, bien agile est mon aile
Qui voltige rapide, autour de mon corps noir !
L'eau blanche qui murmure est un brillant miroir
Que j'aime de raser en me mirant sur elle !

A T. Estrabeau.

LE VIGNERON

Je suis le vigneron qui travaille sans cesse,
Pour arracher du sol ses larmes et son sang,
Et l'aurore attentive à mon effort puissant,
D'un doux regard laiteux m'éclaire et me caresse.

Je travaille sans peine avant que ne paraisse
Le bel astre de feu, dont la chaleur descend
Implacablement droit, sur mon corps qui ressent
Sa cervelle éclater, et veut en sa paresse

S'enfuir vers les taillis. Pour vaincre la chaleur
Que fait bouillir en moi ce contact effroyable,
Je saisis lentement dans un geste sauveur

La bouteille de vin, et, fixant le soleil,
Je bois en riant, dans un rictus de diable,
Ses rayons distillés dans ce nectar vermeil.

LA FOURMI

Sous la charmille,
Sa famille
Fourmille
Sans espoir
A la tâche,
Jusqu'au soir,
Sans relâche.
Esclaves du labeur,
Votre pauvre cœur
Sans désir
Ignore le bonheur
Du loisir !

LA CIGALE

Dans les prés moutonneux que soulève la brise,
Sous les brûlants rayons d'un soleil inclément,
Tout auprès du ruisseau que son éclat irise,
Ton crissement vainqueur résonne bruyamment.

L'ANE

« Vil esclave du pauvre, et des sales gitanes ! »
— « Vous vous moquez de moi, qui supporte vos coups,
« Malfaisants écoliers, qui méprisez les ânes,
« Mais, sauf exception, vous me ressemblez tous. »

LES COQS

Attendant l'ennemi de leurs tournois galants,
Comme de grands seigneurs, qui méprisent les foules,
Les coqs empanachés, au milieu de leurs poules,
Portent haut leurs regards courroucés et brillants.

LA CHÈVRE

Par caprice
Suspendue au rocher sur le grand précipice,
Cueillant le chèvrefeuille et l'alléchante épice,
Ta sombre silhouette à la cime du mont
Te fait croire un instant, un malfaisant démon,
Au breton.

LE CŒUR

A QUELQU'UN

O toi que j'aime tant, hostie impitoyable
Qui te livres parfois pour mieux te refuser,
Accepte au moins ce soir un timide baiser
D'un amant dont le sort ne peut être enviable !

Qu'il eut mieux valu qu'il envoyât au diable
La fleur ensorceleuse, excitante et perverse,
Qui fouaille son cœur et qui le bouleverse !
Mais, tes yeux sont pour moi le phare inoubliable

Qui, rencontré le soir de tourments amoureux,
Epura ses désirs tumultueux de mâle
Ne laissant qu'un regard s'épanouir heureux.

Ce regard, où se lit de façon anormale,
La pudeur en courroux qui veut se ressaisir
Et l'appel déchirant de l'éternel Désir !

A M. Sarthou.

LES SOUPIRS DE TITUS

Trop lâche, j'ai permis la fuite désolante,
L'adieu désespéré,
Mais trop enclin, hélas ! à doubler ma tourmente,
J'ai mon rêve ulcéré

Qui s'exilant en   deuil de ma tête brûlante
Revient vers le passé
Et ranime à mes yeux un beau corps qui me hante
De l'avoir délaissé.

Sur les flots douloureux où voguent les pensées
      Dans l'ennui balancées,
On a pu captiver une âme de Romain !

Et pour commémorer ton départ, Bérénice,
Je garde sur mon front la tièdeur de ta main
      Comme une cicatrice.

A Mlle Micheline Urban de Marres.

UNE FLEUR...

Jeune fille
Qui courez
Dans les prés,
Si gentille,

Vos pieds nus,
Orchidées,
Vos idées
D'inconnu

O lis bleus
Transparents
De vos yeux
Doucement,

Où se pâme
Si mutin
Le jardin
De votre âme.

L'AMOUR... MUGUET D'UN JOUR !

L'amour est un muguet qui fanera demain
Malgré les songes doux dont ton âme est peuplée
Le destin est plus fort que le désir humain
Qui ne pourra bâtir qu'un triste mausolée.

A Mme S. B.

MÉLANCOLIE

Les yeux baignés de pleurs, dans la mélancolie
Où me plonge l'amour désormais mon seul but,
Je gémis sans espoir, en accordant mon luth
Qu'accompagne, exécrable, une triste homélie.

Je maudis dans l'horreur des devoirs qu'on oublie
Le principe éternel si nombreux et si brut,
Je hurle incessamment et ma haine et mon rut,
Sans connaître la paix de la tâche accomplie !

Car l'être qui me fit dans sa force invincible
Affolé dans la nuit d'où rebondit la peur,
D'une haine de sang me pressure et me crible.

O femmes, qui sur moi répandez vos douceurs,
Le parfum de l'œillet et l'enivrante bouche,
Je vous livre à genoux une douleur farouche.

Au Marquis de Najèra.

SPLEEN

L'Espagne évoque en moi des parfums de grenades,
Des arabesques d'or et des rosiers géants,
D'exotiques palais, d'immenses promenades
Et les bateaux chargés qu'attire l'Océan.

A Mlle N. F. Deloncle.

VOS YEUX

Vous êtes le gazon fleuri de boutons d'or ;
Tout un ciel incrusté d'étoiles frémissantes.
O beaux yeux que j'adore ! O beaux yeux des amantes !
Sérénité des nuits sur les tourments du sort !

Regards qui dévorez un Adonis qui dort
Aux rayons de la lune éclairant des Bacchantes !
Et la molle blancheur des croupes bondissantes
Dans le lac où s'éteint le désir qui les mord.

Parfois vous devenez abattus de tourmentes
Ou gentiment moqueurs sous vos cils rapprochés,
O beaux yeux que j'adore ! O beaux yeux des amantes !

Vous avez la couleur apaisante des cendres
Et des mousses d'avril aux flancs des vieux rochers.
Amantes, que vos yeux sont limpides et tendres !

PARFUM SUBTIL

Dans le parfum subtil qui sur vous m'a tant plu,
J'entrevois des forêts de pins aromatiques,
Des bouquets de lilas et les senteurs bibliques
Que la femme répand sur les pieds de l'Élu.

VOILA.....

Qu'importent la fortune et les folles dépenses ?
Les colliers ruisselants de perles, de saphirs ?
Qu'importent les bouquins et les types qui pensent,
L'Amour n'aura qu'un arc et un cœur à t'offrir !

Si la mort lentement fait bleuir ma paupière,
Souviens-toi du regard éperdument joyeux
Que je posais jadis dans le fond de tes yeux,
Et sur ma tombe ouverte, égrène ta prière.

L'AMOUR EST UN PAYSAGE

Aux côtés de ma Mie
Qui caresse mes yeux,
Je trouve l'acalmie
Et redeviens joyeux.
Je lui redis toujours
Une foule de choses
Et lui fais ce discours,
Fringant bouquet de roses :

« Loin des sourdes clameurs qui meurtrissent l'amour,
« Ce matin de printemps, courons vers la campagne ;
« Zéphirs et parfums frais venant de la montagne
« A travers nos cheveux feront mille contours.

« Nulle inquiétude dans nos cœurs bien rythmés ;
« La vie, hélas ! si brève en instants embaumés
« Rapprochera nos fronts sous l'accueillant feuillage,
« Tandis que le bouvreuil, cessant son babillage
« Malicieux, viendra contempler nos émois.

                    « Nous irons par les bois
                    « Et la verte fougère,
                    « Appelant le bonheur,
                    « Moi, du fond de mon cœur,
                    « Toi, d'une voix légère !
                    « Cueillant de beaux fruits verts
                    « Jusqu'au bleu crépuscule,
                    « Sans honte ni scrupule,
                    « De nous voir découverts.
                    « Du butin plein les bras,
                    « Les douces primevères
                    « Aux corolles si claires
                    « Que tu jalouseras ;
                    « Joli nid de pinson
                         « Fait de mousse
                         « Où trémousse
                         « Un oison.

« Mais la ville
« Nous attend
« Gentiment,
« Et civile,
« La maison
« Paternelle
« Que j'appelle
« Ma prison.
« Vive l'air
« Et l'espace
« Où je passe
« Tel l'éclair.
« Floraisons
« Des clairières
« Mes dernières
« Pamoisons.
« O ma Mie !
« De ce jour
« Que j'envie
« Le retour !
« Mais j'achève
« Ce beau rêve,

« Car je veux

« Tes cheveux

« Tout frisés

« Et ta bouche

« Peu farouche

« Aux baisers..... »

Qu'importe la campagne
Et sa fraîche splendeur !
Ma riante compagne
M'abandonne son cœur !

TÉLÉGRAMME AMOUREUX

Madame,
A Paris
Le ciel
Est tout gris
Et pareil
A mon âme !

L'ESPRIT

TON CHAPEAU

Je t'ai vu, tout à l'heure, arborant un chapeau,
        Un chapeau noir en feutre,
        Sous lequel se calfeutre
Ton crâne sympathique aux habitants de Pau.

Rustique mais vivant, ce n'est point l'oripeau
        Dont se pare le pleutre,
        Ni la casquette neutre,
Mais, coiffe de ta race, original drapeau,

Il se rit de la mode et de l'œil curieux,
        Et tout mélancolique,
Je me suis dit que lui seul, (et c'est d'autant mieux),

A cet insigne honneur d'être porté par toi,
        Poète bucolique,
Dont la Tradition est l'infrangible loi.

L'ÉTERNEL SERVITEUR

Tu meurtris sans pitié ma splendeur tutélaire
Sous tes coups si brutaux qu'ils me brisent d'émois ;
Par le vent emportée, écoute donc ma voix
Qui hurle ma douleur et mes cris de colère !

Tu profanes, brutal, un antique mystère ;
Affolant sans répit le silence des bois
Et des siècles d'amour, tu te moques des lois,
Te disant que, martyr, je me laisserai faire !

Pauvre nain fatigué de fendre mon écorce !
Les druides ont coupé sur mes branches le gui,
Et, depuis deux mille ans, mon cœur est plein de force.

Sous mon ombre, l'été, tu t'étends alangui ;
Contre les flots du ciel, que de fois je protège
Le berger vagabond et son bêlant cortège !

Je nourris tes pourceaux de mes glands savoureux ;
Du voyageur perdu je suis le seul repère,
J'attire sur mon front les foudres du tonnerre
Et brise les élans du cyclone houleux ;

J'abrite ta maison des rayons chaleureux
Du soleil de midi. Je suis trop débonnaire ;
Mais puisque l'on s'efforce à m'abattre sur terre,
A voir mes lourds rameaux se fracasser entre eux,

Je vais donc me venger de façon titanesque :
Taillant, sans te douter que l'âge m'a creusé,
Happé sous le fléau de mon tronc gigantesque,

Tu hurleras d'horreur, vil humain écrasé !
Et même dans la mort, il faudra que ta bière
Que l'on fera de moi soit une aide dernière.

MÉTROPOLIS

J'ai vu le coq chanter en grattant le fumier.
Sa tête était dressée, et, les pieds dans la fange
Il déployait, vibrant, d'amples ailes d'archange,
Et continuait joyeux son travail coutumier.

Du charmant idéal, c'est lui qui le premier
M'a révélé soudain la vision étrange,
Et de quels rouges procès, l'ouvrier se venge
Du travail incessant qui le fait rancunier.

Et de quel cœur ardent il pourrait au contraire
En regardant plus haut que son sillon de terre
Et la pesante enclume où résonne le fer,

Chanter un espoir blanc comme un jour d'allégresse ;
Si son corps s'affaiblit que sa bonté progresse,
Qu'il sache faire un ciel de ce qu'il juge enfer !

NEC PLUS ULTRA

Affranchi du Destin, c'est l'effroyable bond ;
Mais l'azur qu'on découvre apparait éphémère,
La désolation du Néant est amère
Au cœur désespéré dont le faisceau se rompt.

Il nous faut accepter les fléaux tels qu'ils sont
Et dominer le sort d'une vie, o mystère !
Eloignons nos regards de la folle Chimère
Qui rit éperdument dans son antre profond.

Que l'eau du Firmament soit notre pur breuvage.
Pour le Mythe éclatant je me montre sauvage,
Car l'esprit s'étiole en restant trop absent.

Notre route finit sous des cyprès funèbres.
Il est juste qu'un soir, le labeur épuisant
Soit calmé pour toujours par de fraîches ténèbres.

LE PAIN

Qu'il soit tout jeune ou vieux, infirme ou bien bâti,
Riche comme Crésus ou Job en sa misère,
Tout humain, chaque jour, géant ou tout petit,

Dévorant comme un fauve ou mignard sans raison,
Obéit à la loi du pain égalitaire
Dont Jésus, à la Cène, avait fait sa prison.

A P. Chauvau.

LA CASCADE

Le mince serpent d'eau d'une source s'évade,
Se faufile sans bruit sous les roches gisantes
Et s'en va par crochets, de ses eaux languissantes,
Jusqu'au flanc escarpé que la chèvre escalade.

Il lance vers l'abîme une vive cascade :
Sursauts mélodieux ! Ses ondes mugissantes
Sous le choc répété de ses brusques descentes
Ne forment plus en bas qu'un ruisselet maussade.

Tel agit le poète en ses rêves de gloire ;
Il était la fontaine où les aigles vont boire
Sur le pic inviolé du mystère et du Temps ;

Pour étonner le monde en sa monotonie,
Par les flots débordés de ses vers haletants,
Il perdit la clarté d'un plus calme génie.

LA LUMIÈRE

C'est l'aigle inassouvi qui domine l'espace
De son regard lointain,
Et cherche par les monts à cueillir son festin
Dans sa serre rapace.

Qu'on le gêne le roi ! par ce rayon tenace
Et qui parfois l'atteint,
Il amoindrit son vol et se campe, soudain
Dans une folle audace.

En fixant le soleil de sa prunelle fauve
               Il lutte éperdument
Et maintient, tant qu'il peut, l'œil sanglant qui se sauve

Vers l'ombre sa complice ! il cède à ce moment.
Ténèbres, à jamais, vous voilerez sa proie !
. . . .
Ayez pitié, Seigneur, la vérité me broie.

FOI, ESPÉRANCE ET CHARITÉ

Au néant d'où je viens, j'ai failli retomber ;
Et, brusquement fauché dans le quart de la vie,
Je me voyais partir où la mort nous convie,
Affolé, tout tremblant, sans pouvoir regimber.

Et tout ce temps perdu qui pour moi s'écoulait
Dans la molle torpeur des plaisirs sans finesse,
Je le vois, dans le noir où mon esprit s'affaisse,
Etinceler soudain inutile et si laid !

Je songe tout à coup aux comptes que doit rendre
L'immatériel esprit animateur des corps,
Qui goûte ses plaisirs, peine de ses efforts,
Mais doit se recueillir dans l'humilité tendre.

Imitant le vieux loup qui meurt dans son orgueil,
Je me suis redressé dans l'effroyable haine
En clamant mon mépris pour ce croquemitaine
Qui fait mourir l'enfant et s'ouvrir le cercueil,

C'est dans l'apaisement de mon cœur vivifié
Par la tendre chaleur qui me venait du prêtre,
Qu'ennobli par le mal qui crispait tout mon être,
Je me suis souvenu de Jésus crucifié.

Et ravalant les pleurs qui brûlaient ma poitrine,
Je fixai mon regard sur les yeux de l'Ami,
Dans lesquels le sculpteur merveilleux avait mis
Les trois douces Vertus d'une haute Doctrine.

ORGUEIL

La porte de notre âme est ouverte, le soir,
Sur le jardin fleuri de la prime jeunesse ;
On s'alanguit alors, à la morbide ivresse
De voir monter sa vie, au long d'un encensoir.

A M. l'Abbé Berthoumieu.

LE REPENTIR

Le fougueux étalon a brisé son entrave
Et, libre désormais de la corde et du mors,
Il hennit bruyamment et s'élance au dehors,
Ses naseaux palpitants blanchissent sous la bave !

Que son galop est fier dans la verte prairie
Le poitrail frémissant aux caresses du foin !
Mais quand tombe la nuit, il ressent le besoin
De regagner enfin sa paisible écurie.

Tel, agit à vingt ans un humain orgueilleux,
Car le Dogme interdit les voluptés premières :
« Que ferais-je de bon aux offices oiseux ?

« A mon œuvre de vie, il faut un esprit fort ;
J'abandonne ce Dieu, l'Eglise et les prières ! »
Mais il pleure contrit quand l'agrippe la mort !

DIVERS

Au poète Ch. E. Bretegnier.

LE DÉLUGE

Le déluge avait fait d'innombrables désastres ;
Les temples s'écroulaient sur les sombres enfants
De la terre inondée en ces jours de tourments
Et la nuit de terreur que ne percent point d'astres !

L'immense plaine d'eau, que seul un pic dépasse,
Où s'accrochent des morts et d'horribles dragons,
Des portes de bois noir qu'alourdissent les gonds,
Des singes malfaisants, et des goules voraces.

Plus d'éclairs furieux, ni de rouges stratus ;
Et Noé, confiant au milieu de ce monde,
A genoux sur la nef, examinait si l'onde
Lentement découvrait de nouveaux tumulus.

Enfin, vers la sixième époque, il put voir,
Au levant éclairci par la nuée en marche
Qui dépouillait le ciel de son grand voile noir,
Le soleil renaissant qui caressait son Arche.

NOÉ

Sur l'ordre de Jéhèh, sur un tertre pierreux
Que dorent les rayons de l'astre de richesse,
De son bras alourdi par la sainte vieillesse,
Avec un soin jaloux et se cachant des yeux,

Il planta le premier sous la voûte des cieux,
Dans le sillon tracé par une forte ânesse,
La vigne des Aïeux et seule de l'espéce
Qui doit lui fournir un breuvage précieux.

Mais quelque temps après, ayant pressé la grappe
Et pour avoir trop bu sous sa tente de lin,
Il laissa choir soudain le burnous qui le drape,

Et Cam qui l'aperçut, dans un rire mesquin
Se moqua de son père enlaidi par l'ivresse ;
Mais l'ire de Noé se montra vengeresse !

JOSUÉ

Béthoron, tes talus sont peuplés d'ennemis ;
Leurs casques, leurs écus et leurs courtes épées
Se choquent en vibrant dans tes sombres allées.
Israël est vainqueur, Jéhovah l'a promis.

Au zénith étincelle un lourd soleil d'été ;
Dans le gouffre sanglant qu'emplit la multitude,
Il pleut de gros cailloux dans une trombe rude.
Le roi de Jérimoth à l'abri s'est jeté

Sous un cèdre géant auprès de Macéda,
A genoux sur le sol, caché sous le feuillage,
Il a vu dans sa peur, mystérieux, le Mage
Josué retenir le soleil qui céda !

ATTILA

A la tête des Huns, il a franchi le Pont,
Et l'Europe affolée en face du barbare
Se soumet ou s'enfuit, et le jaune Tartare
Fait crouler son orgueil, sinistre bûcheron.

L'Héroïsme se meurt sous son lourd éperon.
Dressé sur son cheval précédant la fanfare,
Il dévale en vainqueur sur Paris qui s'effare.
Mais Geneviève est là qui combat le démon.

C'est la seule cité qui résiste, il rugit
Sous son bonnet de poil, son œil glauque étincelle,
Et, dans sa rage, il mord le pommeau de sa selle.

Et le planton chinois qui le veille la nuit
Regarde avec terreur et ne sachant que faire,
Le gazon s'enflammer, sous ses pas de colère.

L'AN 840 DE L'HÉGIRE

Appuyés au balcon qui surplombait la mer,
Deux petits enfants blonds au sourire très clair
Essayaient d'amuser la sultane Fatma,

Qui, tous les soirs d'été, langoureuse, éplorée,
Négligeant les beautés de sa ville dorée
Attendait le retour du guerrier qu'elle aima.

LA MANDRAGORE

Dans le donjon ruiné, repaire des hiboux,
Du crapaud maléfique, amulette nocturne,
Les fétiches de plomb consacrés à Saturne,
Aux parois de granit sont pendus à des clous.

L'astral du magicien qui revient du Sabbat
Chevauchant le balai qu'a conduit la cabale
Et le souffle empesté d'une brusque rafale,
Avec ses pieds de bouc dans son antre s'abat.

Le lubrique vieillard va revoir la cornue
Où nage dans un philtre un bizarre phallus ;
Sous l'incantation, la plante biscornue

Que le mage saisit de ses longs doigts velus,
Se soulève et gémit de façon pitoyable.
L'hommoncule naît sous le signe du Diable !

JEANNE D'ARC ET MARIE

Au pas puissant et lourd de son noir palefroi,
Sur la tête, l'haubert que frôle sa bannière,
Jeanne d'Arc, lentement, chevauche la première ;
L'Anglais en la voyant s'est enfui plein d'effroi.

En descendant des monts l'âpre sentier étroit,
D'Orléans elle a vu les grosses tours de pierre ;
Elle a dit en son cœur, sublime chevalière :
« Ce soir, O blanches tours, vous serez à mon Roi. »

Elle conquit les tours, avec elles la ville,
Et fit preuve en ce jour d'une audace virile ;
L'ennemi repoussé, ce fut la délivrance ;

La Trémouille lui dit : « Quel guerrier merveilleux ! »
— « Ce n'est point moi, dit-elle en regardant les cieux,
Messire chevalier, c'est la Reine de France ! »

A M. J. d'Arhanpé.

VIN ROYAL

Morbleu, garçon, va, cours, descends au cellier
Et porte moi céans, une prodigue pinte
De menseng dépouillé. — Voici l'écu qui tinte,
Car il faut que ton Roi sache au moins te payer.

Dans les bois, on n'a pu trouver le sanglier ;
Les chevaux sont crevés et la suite s'est plainte.
Je m'échappe un instant, banissant la contrainte,
Pour lamper ce nectar qui vaut tout le gibier

Que mon veneur landais poursuivait aujourd'hui.
Et pour dire plus vrai, j'en atteste ma plume,
Je préfère au Bordeaux ce capiteux produit

Des coteaux béarnais, que le couchant allume.
Et s'il me faut quitter mon vieux castel de Pau,
Je saurai honorer mon vin et mon drapeau !

LA CONQUÊTE DU CIEL

Quand le ciel est sans brume et pur de tout nuage,
Le gros insecte hurle en sa voix de stentor,
Et, trépidant d'ardeur, ce tétraptère d'or,
Dans un bruissant concert chante son long voyage.

Il part. L'herbe se couche en son ample sillage.
Il active sa course en prenant son essor
Vers un pays désert, nouveau conquistador,
(Il ne sait s'il pourra découvrir une plage).

Il navigue bientôt sur la mer infinie
Et s'enfonce soudain dans la rouge agonie
Du soleil qui se meurt dans le vaste ciel bleu,

Et qui, voyant gravir l'empire qu'il embrase
Par cet être géant, se demande quel dieu
A dompté de nouveau le fabuleux Pégase !

Au champion Casenave.

RUGBY

Alerte ! les voilà ! les sportifs qui se penchent
Ont un frisson de joie alentour du champ clos ;
Et des genoux massifs dépassant les maillots
Sur le court gazon vert semblent des roses blanches.

Mais l'assaut est sifflé, l'énorme effort des hanches
Fait craquer violemment la charpente des os.
Du rempart qui s'écroule et jaillit de son dos
Un vautour ravisseur s'envole vers les planches !

Tel l'aigle furieux qui protège son nid,
Un colosse d'airain l'enserre éperdument :
Ils chutent sur le sol, mais la troupe s'unit,

Et, légère cohorte en un sourd tremblement,
Déferle vers les buts dont la digue vacille,
Et Pau vient de marquer dans un superbe style !

TABLE DES MATIÈRES

LA NATURE

LE CŒUR

L'ESPRIT

DIVERS